EL OTRO EN MÍ
© Fran Hidalgo
Diseño de portada: Dpto. de Diseño Gráfico Exlibric

Iª edición

© ExLibric, 2026.

Editado por: ExLibric
c/ Cueva de Viera, 2, Local 3
Centro Negocios CADI
29200 Antequera (Málaga)
Teléfono: 952 70 60 04
Fax: 952 84 55 03
Correo electrónico: exlibric@exlibric.com
Internet: www.exlibric.com

ISBN: 979-13-88255-13-7
Depósito Legal: MA 414-2026

Impresión: PODiPrint
Impreso en Andalucía – España

Nota de la editorial: ExLibric pertenece a Innovación y Cualificación S. L.

FRAN HIDALGO

EL OTRO EN MÍ

ExLibric
ANTEQUERA 2026

*A ti, Melania, por ser mi inspiración,
mi refugio y mi mejor historia.
Gracias por ser mi luz
en los momentos de oscuridad.*

*Para mi pequeño.
Gracias por ser mi gran maestro,
porque me veo en ti y te veo en mí.*

1

La habitación 27

El reloj marcaba las 3:47 a. m. cuando Adrián abrió los ojos por cuarta vez en la noche. No había de mirar el reloj, su cuerpo conocía de memoria la sinfonía inquieta del insomnio. La habitación 27 del edificio La Concordia era pequeña, casi asfixiante, el techo estaba descascarado, las paredes con manchas de humedad y el zumbido perpetuo del fluorescente del pasillo lo hacían más insoportable aún.

Un sitio que había sido motel, luego pensión y ahora, simplemente, un lugar donde los olvidados se ocultaban del mundo.

Adrián se sentó en el borde del colchón con la mirada fija en el suelo sucio y frío; sus manos temblaban como si una corriente invisible las recorriera. Llevaba semanas sin dormir bien. Desde aquella noche «la que no recordaba» algo en su cabeza parecía haberse desajustado.

Desde el fondo del pasillo se escucharon pasos, eran lentos e irregulares. Alguien murmuraba, era una voz baja que parecía que le hablara a alguien que caminaba al lado, aunque los pasos eran de una sola persona.

Adrián se levantó, descalzo, con movimientos suaves se acercó a la puerta y pegó el oído. Su nombre, «Adrián», susurrado apenas como si lo escupiera el eco. ¿Lo habían dicho o lo había imaginado?

Retrocedió, tropezando con una silla. El golpe sonó como un disparo. Todo estaba en silencio, no se escuchaban ni pasos ni voces, solamente el zumbido de la luz.

Volvió a la cama, pero esta vez no se recostó: tenía la extraña certeza de que si cerraba los ojos, no despertaría igual, como si el sueño lo arrastrara a un lugar sin retorno.

Fuera, la ciudad bostezaba con luces enfermas. Otra noche sin dormir, otra noche atrapado en la habitación 27, donde las paredes parecían observarlo y el pasado respiraba bajo las baldosas.

2

Sombras en la pared

El amanecer no llegó. Al menos, no para Adrián.

La luz gris que se filtraba por la ventana era más un recordatorio del tiempo que pasaba que un símbolo de renovación. Seguía sentado en la cama con la espalda contra la pared y con los ojos abiertos como si vigilara el mundo. Fuera, la ciudad cobraba movimiento; dentro, algo se gestaba.

Las primeras sombras aparecieron poco después de las seis. No eran sombras comunes, no seguían la lógica de la luz; se deslizaban por la pared del fondo, «la que siempre parecía más fría», y se movían con independencia, como si tuvieran voluntad propia, como si no quisieran ser vistas completamente, solo intuidas.

Se puso de pie y se acercó con cautela a la pared; estaba helada y áspera.

Puso su mano sobre el yeso agrietado y entonces ocurrió: una voz clara como el agua surgió detrás de él.

—Adrián…

Se giró de golpe, pero no vio nada. La habitación estaba vacía, la silla rota seguía donde la había dejado, el reloj marcaba las 06:21, el zumbido del fluorescente había cesado y todo estaba en silencio.

Volvió a mirar a la pared, pero esta vez no estaba solo.

Allí, frente a él, en la esquina superior izquierda, la sombra había adoptado una forma definida: una mujer. Alta, de cabello largo y oscuro, tenía el cuello ladeado, como si lo estuviera observando con lástima o con hambre voraz.

La imagen duró solamente un segundo y luego se desvaneció.

Adrián retrocedió tropezando con la cama. El corazón le golpeaba el pecho como si intentara huir. Sentía que aquello no era solo su imaginación, esa mujer… no era nueva. Había soñado con ella antes.

Susurraba, pero él nunca lograba oírla bien, solo escuchaba un murmullo, un rumor de fondo.

Esa noche, cuando cerró los ojos por unos minutos, la vio con más claridad: caminaba por un pasillo oscuro con un cuchillo en la mano, la sangre goteaba sobre el suelo y a lo lejos alguien, ¿quizá él mismo?, gritaba su nombre.

Cuando despertó, tenía los labios secos y un sabor metálico en la boca. El reloj marcaba las 03:47 a. m.

Otra noche en vela, otra visión que no se borraría.

3

El crimen de la Avenida 9

La noticia apareció en todos los televisores del comedor social al que Adrián acudía de vez en cuando a por algo caliente que llevarse a la boca.

Adrián desconocía cómo lo sabía, pero la imagen estaba ahí, antes incluso de que la imagen apareciera en la pantalla: una mujer en el suelo con el cuello abierto y el cuerpo retorcido sobre un charco que ya no era sangre, sino silencio.

Subió el volumen del televisor con el mando de la vieja sala compartida, la voz de la reportera temblaba a pesar del tono profesional.

—El cuerpo fue hallado esta madrugada, aproximadamente a las 04:00 a. m., en un callejón de la Avenida 9. Las autoridades describen la escena como «extremadamente violenta» y no descartan la posibilidad de que se trate de un asesino en serie…

La imagen era borrosa, pero suficiente para que se viera. La cinta amarilla, los *flashes* de las cámaras, el vaivén nervioso de los uniformados y, detrás de todo, un muro con grafitis… uno idéntico al que él había visto en su sueño, exactamente igual.

Sintió un vacío en el pecho, una presión, como si el aire se negara a entrar del todo; era la misma mujer, el mismo cuchillo, el mismo lugar.

Caminó hasta su habitación, tambaleándose. Al llegar. Se dejó caer en la silla rota y cerró los ojos. Las imágenes regresaron de inmediato, más nítidas que nunca. No era un simple sueño, era una visión o un recuerdo. Pero ¿de quién?

A las diez de la mañana bajó a la calle, el aire olía a diésel, humedad y café recalentado. Caminó hasta la Avenida 9 sin saber por qué, nadie le había dicho la dirección exacta, pero sus pies lo llevaron directo al callejón. A la escena del crimen.

Estaba acordonado, vigilado por dos agentes que no parecían muy interesados en su trabajo. Fingió pasar de largo, pero se detuvo a observar por un instante.

El charco había sido limpiado, pero la silueta de la sangre persistía como una sombra sobre el asfalto.

Al observar la pared que tenía justo en frente, se dio cuenta de que en ella aparecía grafiteado con pintura negra el mismo rostro, con la lengua fuera y los ojos cruzados, una figura casi infantil igual a la que vio en su sueño.

Un mareo lo obligó a retroceder, sintió que algo dentro de su cabeza se activaba, como un interruptor que alguien más presionaba.

A su mente le vinieron varios *flashes*.

FLASH:

Una mano que no era suya.

Una respiración agitada.

La mujer cayendo y su rostro lleno de terror.

—¿La conocía? —preguntó una voz a su lado.

Al girarse, Adrián observó a una mujer joven con uniforme de policía sin la placa visible; tenía los ojos pequeños. La joven lo miraba como si ya lo conociera.

Adrián negó con la cabeza lentamente, trató de sostener la mirada, pero había algo en ella que lo incomodaba.

—Parecía muy concentrado —añadió.

La joven anotó algo en una libreta.

—Por si acaso, Adrián… Ruiz.

La agente asintió, no le realizó ninguna pregunta más, se dio media vuelta y se perdió entre la gente. Adrián sintió un sudor frío recorrer su espalda.

Esa noche, mientras se encerraba en su habitación, supo con certeza algo que no se atrevía a decir en voz alta:

Él había visto el asesinato antes de que ocurriera. Y no sería el último.

4

Café con paranoia

La lluvia caía con la apatía de los días grises, Adrián caminaba por la ciudad como si el agua pudiera limpiar algo de lo que llevaba encima; no lo mojaba; lo empapaba. La camisa pegada al cuerpo, las zapatillas con el alma rota. Tenía la mente llena de imágenes que no eran suyas… o quizás sí.

Entró en el primer café-bar que encontró. Era pequeño, cálido, con música suave que se perdía entre el murmullo de las gotas contra los ventanales; había olor a canela, a pan tostado, a refugio. Se sentó junto a la ventana, temblando levemente.

—¿Café solo? —preguntó una voz a su lado.

Levantó la vista. La camarera era joven, con el pelo corto y ojos atentos, no tenía el cansancio de quien trabaja mucho, sino el de quien observa demasiado.

—Sí.

Adrián no recordaba haber pedido nada aún.

Ella asintió, como si supiera algo que él no supiera, y se marchó entre las mesas con pasos silenciosos. Al poco tiempo volvió con la taza humeante.

—¿Primera vez por aquí? —preguntó, sin sonreír.

Adrián dudó en responder, no sabía si hablar era seguro, pero había algo en ella que le pareció familiar, como si ya hubieran compartido silencios antes.

—¿Cómo lo has sabido? —preguntó él.

—Nunca olvidas una cara nueva.

Se encogió de hombros, se acercó a él y con voz baja le dijo:

—Además… parecías asustado antes de entrar, como si te estuvieran siguiendo.

Adrián dejó de beber, sus ojos recorrieron todo el local. En él había tres mesas ocupadas: en una de ellas, un anciano leyendo; en otra, una pareja murmurando; y en la tercera, un tipo solitario al fondo leyendo un periódico al que no cambiaba de página.

Y, sin embargo, tenía razón, sentía la mirada clavada en la nuca desde hacía varios metros.

—¿Cómo te llamas? —preguntó él.

—Claudia.

Le tendió la mano y él dudó antes de estrechársela. Estaba fría.

Hablaron poco, Claudia no preguntó demasiado y eso lo tranquilizaba, tenía una forma de estar presente sin invadir. Pero cuando él mencionó casi sin querer el crimen de la Avenida 9, sus ojos se tensaron por un segundo.

—¿Qué sabes de eso? —preguntó ella, sin levantar la voz.

Adrián apartó la mirada y fingió desinterés.

—Lo vi en la televisión.

—Yo también —respondió ella. Pero tú lo soñaste, ¿verdad?

Adrián se quedó congelado, no preguntó cómo lo sabía, no lo necesitaba.

—¿Quién eres? —murmuró casi en un suspiro.

Claudia se levantó sin responder, se inclinó hacia él, cerca, tan cerca que él pudo sentir su aliento.

—Ten cuidado con lo que recuerdas, Adrián. Algunos recuerdos no son tuyos.

Luego se alejó, como si la conversación nunca hubiera ocurrido.

Cuando salió del café-bar, la lluvia había cesado, pero aún sentía una mirada invisible siguiéndolo y, por primera vez, no sabía si venía de fuera o de dentro de sí mismo.

5

Notas en el suelo

Cuando Adrián regresó a la habitación 27, la puerta estaba entreabierta.

No recordaba haberla dejado así. El pestillo colgaba suelto, como si alguien hubiese entrado sin violencia. Revisó su interior con el corazón tamborileando en el pecho: no faltaba nada, pero todo se encontraba fuera de lugar.

La cama estaba hecha, pero no por él, la silla rota había sido enderezada con torpeza, el espejo del baño estaba totalmente agrietado, como si alguien lo hubiera golpeado con el puño cerrado.

Y en el suelo, justo frente a la puerta, encontró una nota. Era un papel delgado, doblado en cuatro, sin sobre ni firma.

Leandro Gómez. Calle Cruces, número 431.

Eso era todo, una dirección, un nombre que no le decía nada. Pero algo en su interior, una corriente que lo guiaba sin permiso, le ordenó moverse.

Media hora más tarde, bajo una lluvia tímida que apenas tocaba el suelo, Adrián llegó a la dirección. Un edificio antiguo, de fachada agrietada, con un portero automático y una puerta carcomida por el tiempo.

Subió las escaleras, evitando mirar directamente los cuadros torcidos que colgaban de las paredes. Cada paso que daba sonaba como una amenaza.

Piso 3. Puerta 431. Había llegado. En su mente algo le decía «No», aunque ya era tarde para volver atrás. Al abrir la puerta, la escena lo paralizó.

Un hombre yacía en el suelo, con la cabeza girada hacia un costado y la garganta completamente rajada.

La sangre se había secado en gran parte, formando un patrón que parecía casi… deliberado. En la pared, escrita con lo que parecía la misma sangre, una palabra:

Hermano.

Adrián dio un paso atrás. Su visión se nubló y un zumbido comenzó a llenar sus oídos. Era como estar dentro de un sueño del que no podía despertar.

Nuevamente un *flash* vino a su mente.

Era ese mismo hombre gritando, en su mano tenía un cuchillo, tras él una sombra, se escuchaban voces.

De repente, la puerta del apartamento se cerró de golpe, se giró jadeando, esperando ver a alguien, respiró aliviado al ver que no había nadie.

Volvió a mirar al cadáver; personalmente no reconocía a ese hombre, pero había algo en sus ojos aún abiertos que le hacían sentirse culpable.

Optó por lo segundo. Corrió por las escaleras, las piernas le flojeaban, los pulmones le ardían. Al llegar a la calle, la ciudad le pareció ajena, borrosa, parecía que se estuviera disolviendo.

Cuando llegó de nuevo a su habitación, la nota seguía allí en el suelo, pero esta vez tenía una segunda línea escrita en ella.

Tú lo sabías.

6

Mente dividida

El lápiz temblaba entre sus dedos.

Adrián llevaba horas escribiendo, garabateando detalles de sus sueños, ¿visiones? ¿recuerdos?, en hojas sueltas.

No había lógica ni orden, ni claridad en la letra; solo impulsos, escenas rotas, nombres que no recordaba haber escuchado, fragmentos de conversaciones que nunca había tenido. Pero, al leerlos de nuevo, encajaban con lo ocurrido. El crimen de la Avenida 9, el cadáver en la calle Cruces, la palabra escrita con sangre: «Hermano».

¿Y si no los estaba soñando? ¿Y si los estaba viviendo desde otra parte de sí mismo? Tomó una de las hojas, en ellas tenía escrito con caligrafía temblorosa:

No soy yo, pero usa mi cuerpo. Me deja mirar, pero no tocar. Yo grito, él actúa.

Se quedó mirando esa frase durante minutos, sentía que venía desde dentro, desde muy dentro. Era como si una versión de él estuviera atrapada al otro lado del espejo.

Observándolo con miedo.

Tocaron la puerta una sola vez.

Era la policía. El agente de antes, esta vez venía acompañada de un hombre joven vestido de civil.

Se identificaron ante Adrián.

—Somos los detectives Sánchez y Loza.

Le hicieron un par de preguntas formales.

—Hay vecinos que dicen haberle visto salir corriendo del edificio de la calle Cruces.

—¿Conoce a Leandro Gómez?

—¿Estuvo usted allí esta tarde?

Adrián no respondió, simplemente se encogió de hombros fingiendo sorpresa e ignorancia, no sabían nada. Aún.

—¿Puedo preguntar por qué su nombre aparece anotado en una de las paredes del lugar? —preguntó Loza sin parpadear.

Adrián se quedó en silencio, los pensamientos iban demasiado rápido para verbalizar uno solo.

—No sé. —Fue todo lo que respondió.

Los agentes no dijeron nada más, miraron a Adrián, luego se miraron entre sí, anotaron algo en su libreta y se fueron.

Cuando la puerta se cerró, Adrián vomitó en el baño. El reflejo en el espejo temblaba… pero no al mismo ritmo que él.

Esa noche, al intentar dormir, sintió que se deslizaba hacia una grieta interior, un vacío, una caída suave.

¿Sueño o realidad?

Un cuarto oscuro, una silla con correas. Él o alguien como él sentado, gritando. Una figura frente a él con bata blanca, preguntas sin voz, agujas, grabadoras.

Y unas palabras repetidas al fondo.

«División».

«Fragmentación».

«Protección».

Al despertar, la voz que escuchaba estaba allí, pero no como antes, esta vez era clara, precisa, dentro de su cabeza y no detrás de una pared.

—¿Ya estás listo para recordar, Adrián?

7

Labios sellados

Adrián no volvió a escuchar la voz durante tres días, pero su ausencia era peor que su presencia.

Adrián caminaba por la ciudad como un actor secundario en su propia historia, todo parecía repetirse: rostros anónimos, semáforos eternamente en rojo, el eco de pasos que coincidían con los suyos, aunque nadie estuviera detrás. Dormía poco, y cuando lo hacía, soñaba con bocas abiertas que no emitían sonido, lenguas arrancadas y gritos sin aire.

El silencio dolía.

Fue Claudia quien lo encontró otra vez en la mesa del rincón del café, lo miró absorta, como si supiera exactamente lo que estaba viviendo.

—¿Sigues oyéndolos? —preguntó sin saludo.

Adrián la miró de reojo. Su voz, por fin rompía el vacío.

—No. Eso es lo raro. —Bebió un sorbo de café—. Es como si… algo dentro de mí se hubiera ido, o se estuviera escondiendo.

Claudia no respondió de inmediato y parecía debatirse entre hablar o marcharse.

—A veces, cuando algo demasiado grande intenta salir, la mente… lo sella. Lo empuja hacia abajo y en su lugar pone un silencio forzado —dijo finalmente—. Pero el silencio no significa paz, Adrián.

Esa misma noche, al cerrar la puerta de la habitación, la vio.

En la esquina más oscura vio una figura encorvada, inmóvil, sin rostro, parecía hecha de humo y cicatrices.

Adrián encendió la luz, no vio a nadie.

Pero al volverse hacia el espejo del baño, la vio de nuevo, estaba detrás de él, tan cerca que podía sentir su aliento. Se giró de golpe, no había nadie.

La voz volvió, esta vez era diferente.

—Hermano… no mires atrás. Si me ves, recordarás, y no estás listo aún.

—¿Quién eres? —susurró él.

Se hizo un silencio. Al instante, un susurro más:

—Yo fui tú, antes de que te rompieran.

Adrián cayó de rodillas, de sus ojos caían lágrimas sin causa ni nombre, en el suelo, bajo la cama, algo sonó.

Se agachó, al mirar debajo de la cama, sin saber cómo, encontró una libreta negra cerrada con un cordel desgastado.

En la portada, se podía leer, aunque con dificultad:

No abrir hasta olvidar.

Adrián dudó un instante, pero sus dedos ya estaban desatando el nudo que hacía que permaneciera cerrada.

8

El espejo del baño

El espejo siempre había estado allí. Era rectangular, empañado por el tiempo, con los bordes oxidándose poco a poco, como si la humedad del pasado no pudiera abandonarlo. Adrián lo miraba todas las mañanas sin verlo realmente. Hasta esa noche.

Después de abrir la libreta y solo ojear una página, una sola, algo cambió. En la hoja había una frase con tinta roja:

No confíes en lo que se refleja. No siempre eres tú.

De madrugada, se despertó sobresaltado. La luz del baño estaba encendida, aunque él recordaba haberla apagado.

Se levantó con una fuerte presión en el pecho, sus pies descalzos temblaban contra las baldosas frías.

Se detuvo frente al espejo, su reflejo no parpadeaba. No era un error, él parpadeó mientras que su reflejo permanecía inmóvil.

Adrián dio un paso atrás, el reflejo sonrió. Un gesto leve, perceptible, pero no suyo.

Se quedó allí frente al espejo, paralizado por el miedo y la fascinación. Entonces, la volvió a ver.

La figura, otra vez, detrás de él.

Una silueta negra, borrosa, como si la luz misma evitara tocarla. No tenía rostro, pero irradiaba algo familiar, un dolor conocido.

Su aliento golpeaba la nuca de Adrián, aunque él no sintiera aire alguno.

Se giró de golpe, de nuevo no había nadie.

Pero en el espejo, la figura seguía allí, y esta vez colocó una mano sobre el hombro de su reflejo.

Adrián gritó.

El espejo tembló, no se rompió, pero en su superficie apareció una mancha, como una grieta en el interior: un dibujo hecho con sangre seca. Era la silueta de dos niños cogidos de la mano, uno de ellos estaba tachado con una cruz.

Corrió fuera del baño con el corazón a punto de colapsar, cerró la puerta y contuvo las náuseas.

Cuando al fin se atrevió a volver a entrar, la luz estaba apagada, el espejo estaba limpio, pero al tocar su mejilla sintió una sutil sensación, como si alguien le hubiera acariciado con manos invisibles mientras él dormía.

Esa mañana salió de su habitación sintiéndose otro, se convenció de que necesitaba respuestas más allá de su memoria, más allá de su miedo.

Ya en la calle, notó cómo alguien lo seguía.

Era una sombra que aparecía cruzando la acera, reflejada en los escaparates, mezclada entre la gente.

A veces, una figura parada demasiado tiempo en la esquina; otras, una silueta tras él en un reflejo que desaparecía justo al girarse.

Adrián ya no sabía si alguien más lo observaba, o si era otra parte de sí mismo intentando alcanzarlo.

Pero, por primera vez, no corrió, solamente caminó más rápido con la certeza de que la persecución iba desde dentro.

9

Informe policial 3.4

Claudia lo esperaba fuera del café. Esta vez no llevaba uniforme de camarera, iba vestida como alguien que tenía algo que ocultar o que estaba dispuesta a revelar demasiado.

—Tengo acceso a ciertos archivos —dijo sin rodeos—. No me preguntes cómo los he conseguido, solamente ven conmigo.

Subieron a un segundo piso sin nombre, en un edificio que olía a humedad y que estaba cerrado con doble cerradura. Dentro había un escritorio con un portátil viejo y una pantalla que parpadeaba como si algo se resistiera a ser mostrado.

—Informe 3.4 —dijo ella, tecleando con precisión—. Lo borraron del sistema oficial, pero aún quedan fragmentos. Palabras clave: testigo dormido, coincidencias oníricas, *alter ego* funcional.

Adrián se inclinó sobre la pantalla. El texto era confuso, técnico, estaba lleno de términos psiquiátricos cruzados con jerga policial, pero entre líneas, emergía una historia. La suya. O, al menos, una versión de ella.

«Sujeto: Adrián R. 31 años. Reporta sueños altamente vívidos que coinciden con crímenes no resueltos.

Descripción detallada de escenas aún no divulgadas por la prensa. Posible síndrome de disociación con manifestación latentes».

«Caso 3.4 permanece abierto. Sospecha de doble conciencia operativa, no se descarta vínculo familiar con incidencias pasados (consultar el informe 2.1: Familia R.)».

«Recomendación: observación remota, no intervenir sin una evaluación forense completa».

Claudia lo miró.

—Esto fue hace seis meses —dijo—. Alguien dentro del sistema te estaba siguiendo antes de que tú siquiera supieras que algo iba mal.

Adrián no sabía si asustarse o sentirse validado. Una parte de él se resistía a creerlo, otra, más profunda, asentía con resignación.

—¿Qué es el informe 2.1? —preguntó finalmente.

Claudia dudó.

—No pude abrirlo, está clasificado bajo «riesgo psicológico grave». Pero aparece un nombre vinculado al archivo. Dra. Elvira Méndez.

El corazón de Adrián dio un vuelco en ese momento. Ese nombre.

—La conozco —murmuró—. La vi en sueños, me habló. ¿Eso es posible?

Claudia lo miró con una mezcla entre compasión y miedo.

—Adrián, ya nada parece imposible.

Antes de irse, imprimió una copia parcial del informe. En el margen inferior había una firma digital, Adrián la reconoció al instante, había soñado con esa firma.

Y debajo una frase tachada, pero aún legible si uno miraba con atención:

El sujeto presenta fragmentación identitaria, no recuerda lo que hace mientras sueña.

De repente, el archivo se cerró solo y la pantalla se quedó totalmente en negro.

Esa noche, Adrián regresó a su habitación con la certeza de que algo o alguien lo habitaba cuando dormía.

Al pasar por el espejo del baño, su reflejo no sonreía. Esta vez lloraba.

10

Cicatrices invisibles

Adrián se despertó con un dolor bastante fuerte en la parte baja de la espalda.

El sueño o la visión se había desvanecido como siempre, pero el eco permanecía. Esta vez, no en su mente, sino en su cuerpo.

Se levantó con lentitud, aún temblaba. Fue al baño, encendió la luz con una mano temblorosa, se colocó frente al espejo y se alzó la camiseta.

Ahí estaban.

Tres líneas delgadas, rojas, paralelas que parecían hechas por garras invisibles. No sangraban, pero dolían. Ardían como si estuvieran hechas recientes, como si aún estuvieran siendo grabadas.

Intentó buscar una explicación: ¿se había rascado dormido?, ¿se había golpeado con algo? Pero no.

Las marcas eran precisas, demasiado ordenadas para ser un accidente, demasiado simétricas para ser casuales.

La libreta negra seguía sobre la mesa. La abrió con las manos torpes y hojeaba páginas llenas de frases sueltas que parecían dictadas por una conciencia alterna:

Las cicatrices que no se ven son las más hondas.

Cuerpo y mente son uno cuando el sueño toma el control.

No despiertes lo que aún te protege.

Cerró el cuaderno de golpe, se vistió y salió a la calle.

Durante el día, sintió miradas fijas por cada lugar que pasaba, cada cruce, cada callejuela que cruzaba; incluso pensaba que las cámaras de seguridad lo observaban, aunque no sabía si funcionaban o no. Las voces habían vuelto, pero esta vez eran más definidas, un murmullo constante que crecía al ritmo de sus pasos.

En un momento, en medio del tráfico de la ciudad, escuchó con nitidez:

—Hermano…, no estás tú solo bajo tu piel, somos varios dentro de ti.

Corrió sin saber hacia dónde. El ruido de la ciudad parecía burlarse de él. Cada bocina, cada grito que escuchaba, cada anuncio que veía era un código oculto, era un lenguaje que solamente él entendía.

Al regresar a su habitación, delante de la puerta, encontró una caja de cartón. No tenía remitente. Sobre ella había una nota:

Solo cuando se abren las heridas, puede comenzar la verdad.

La caja contenía ropa infantil vieja y empolvada, además de una fotografía.

Dos niños de espaldas frente a un río. Uno de ellos llevaba una cicatriz idéntica a la que ahora Adrián tenía en la espalda.

En ese instante, sintió que el suelo a sus pies se hundía.

11

Fuego cruzado

Esa noche, Adrián soñó con fuego.

Era una habitación pequeña sin ventanas. Las llamas trepaban por las paredes como serpientes hambrientas. En el centro se encontraba un cuerpo. Tenía las manos atadas y el rostro cubierto por una especie de bolsa de tela.

Y la sensación insoportable de que él lo había visto antes. De que él mismo había encendido ese fuego o, tal vez, lo había presenciado sin moverse.

Despertó empapado en sudor. Miró el reloj, marcaba las 06:47 a. m. Encendió la televisión para ver si podía distraerse. Las noticias lo golpearon en la cara como un espejo sin piedad:

«Incendio provocado en el polígono industrial de la ciudad. Ha aparecido un hombre calcinado. No se ha podido identificar aún; el sujeto ha aparecido con la cara tapada y las manos atadas. Se están investigando todas las causas posibles, aunque todo indica un posible ajuste de cuentas».

Adrián sintió una presión y un nudo en el pecho que no lo dejaba respirar. El sitio, el fuego, el cuerpo hallado, todo era igual a lo que había soñado.

Cogió el teléfono para llamar a Claudia, temiendo que no le contestara. Al segundo tono respondió.

—¿Soñaste algo esta vez? —preguntó directamente, sin saludos, como si ya lo supiera.

—Sí —susurró Adrián, temblando y con la voz entrecortada—. Y fue exactamente igual.

—Mándame la dirección y nos vemos allí —dijo Claudia.

Una hora después, estaban frente al lugar donde había ocurrido el incendio. La zona estaba acordonada; había policías revisando los escombros; los vecinos no dejaban de comentar con morbo. Adrián no se acercó, no necesitaba hacerlo.

—Fue aquí —dijo, señalando una puerta ennegrecida—. La víctima estaba amarrada. No gritó, no luchó, solo dejó que ocurriera.

Claudia lo miró con cautela y un poco asustada.

—¿Cómo sabes todo eso, Adrián?

—Porque lo vi, porque estuve ahí, Claudia, o algo de mí estuvo.

Ella guardó silencio. Sacó del bolsillo de su abrigo un sobre arrugado y se lo entregó.

—Lo encontré en la bandeja de una mesa de la cafetería esta mañana. No me dio tiempo a ver quién lo dejó, pero va dirigido a ti.

Adrián cogió el sobre y lo abrió con angustia. Dentro encontró el recorte de una hoja amarillenta y vieja, arrancada de un diario.

«1996: Niño desaparecido en el barrio de San Lorenzo. El único testigo es el hermano, pero no recuerda nada. La familia está implicada en un antiguo incendio».

Debajo solamente había una palabra escrita a mano:

Recuerda.

Su corazón latía con violencia, pero no era por miedo, sino por reconocimiento.

—Cada vez que sueño —miró a Claudia y dijo en voz baja— hay un patrón, una lógica. No es solamente intuición, es información que alguien me está filtrando.

—¿Y si no es «alguien»? —dijo ella con voz grave—. ¿Y si eres tú?

Adrián la miró. Por primera vez, no supo si eso lo tranquilizaba o lo condenaba.

12

Terapia de medianoche

—Tercer piso, puerta 301. No hay timbre; cuando llegues, solamente golpea una vez —le había dicho Claudia antes de desaparecer entre la multitud.

Adrián dudó al llegar. El edificio era estrecho, estaba escondido entre dos almacenes clausurados desde hacía tiempo. No parecía una clínica, tampoco una vivienda. Parecía una trampa.

Al llegar al tercer piso, tocó la puerta solamente una vez, como le había dicho Claudia. Una voz suave, como de alguien que ya lo conocía, respondió desde dentro.

—Pasa, te estaba esperando.

El despacho estaba iluminado por una lámpara de pie con luz tenue que proyectaba sombras largas. En el centro había un sofá de color verde desgastado y, frente a él, una mujer de mediana edad, elegante, de rostro calmado y unos ojos que parecían ser capaces de leer pensamientos como si fueran libros abiertos.

—¿Dra. Méndez? —preguntó.

Ella asintió sin sonreír.

—Prefiero que me llames Elvira. Aquí no hay títulos, solo verdades.

Adrián no supo por qué, pero se sentó, como si algo invisible lo empujara a hacerlo; era como si ese lugar le perteneciera desde siempre.

—¿Sabes quién soy? —preguntó.

—Sé lo que has visto, lo que has soñado. Y sé lo que temes preguntar.

En ese instante se hizo un silencio que se apoderó de la habitación.

—¿Estoy loco?

Ella lo miró serena y respondió:

—No. Estás dividido; son cosas distintas.

Sobre la mesa había una carpeta. Elvira la empujó hacia él.

—Este archivo fue cerrado cuando eras niño, pero nunca fue destruido. Quise entregártelo cuando cumpliste 18 años, pero no viniste, y ahora, por fin, estás aquí.

Adrián abrió la carpeta con las manos temblorosas. El interior contenía fotografías, dibujos infantiles con trazos violentos, un *test* psicológico tachado y, al fondo, una hoja con su nombre completo: Adrián Ricardo Mendoza.

Diagnóstico del paciente 3.4: Sufre disociación temprana, amnesia traumática y pérdida de identidad estructural.

—¿Qué significa esto? —murmuró.

—Que no estás recordando, tan solo estás reuniendo piezas. Tu mente fragmentó todo para poder sobrevivir. Pero las barreras se están rompiendo y hay una parte de ti que ya está despierta.

—¿Y si esa parte es peligrosa?

—Todas las partes son peligrosas cuando se niegan. Pero una mente partida también puede ser su propio testigo, ser su propio juez.

Adrián se levantó, era incapaz de seguir leyendo. Los dibujos, las palabras, esa letra.

Era suya, de cuando era niño, y parecía de alguien que pedía y necesitaba ayuda.

—Usted es real, ¿verdad?

Elvira lo miró y sonrió por primera vez.

—Soy más real que tus pesadillas, pero menos que tu verdad.

Adrián salió al pasillo intentando escapar de sí mismo; le faltaba el aire, le costaba respirar, pero necesitaba respuestas y decidió regresar al despacho.

Pero, al mirar atrás, la puerta 301 ya no estaba; solamente había una pared vacía. Era como si nunca hubiera existido.

13

Una voz, mil rostros

La voz lo despertó justo antes del amanecer.

—Adrián, despierta, nos están mirando.

Abrió los ojos de golpe, tenía la garganta seca. Toda la habitación estaba en silencio. Tenía una sensación extraña; parecía que alguien respirara muy cerca de su oído. Mantuvo todo el cuerpo rígido y no quería moverse.

—No soy tu enemigo, soy tu recuerdo.

La voz volvió, esta vez era más clara y más grave.

Adrián se incorporó lentamente, miró a su alrededor y no vio a nadie.

Su habitación, la habitación 27, seguía igual, pero no se sentía igual. Era como si algo o alguien se hubiera asentado en ella.

Fue hasta el espejo del baño y no vio nada. Pero cuando giró para volver a la cama, lo escuchó de nuevo:

—No me busques ahí, busca dentro de ti.

Al pasar por la mesa se fijó en que el cuaderno rojo estaba abierto sobre ella y, de nuevo, contenía una nueva frase escrita en tinta negra:

«Ángel. Me llamo Ángel. No lo olvides, no me olvides».

Se puso a pasar las páginas frenético. En las anteriores no estaba ese nombre ni esa letra y, sin embargo, la reconocía. Era como si él mismo la hubiese escrito con otra mano.

De pronto, los rostros comenzaron a aparecer. En la calle, en los sueños, en los reflejos.

Un niño sin boca en el andén del tren, una mujer llorando sangre en el retrovisor, un anciano de rostro borroso en una sala de espera que nunca visitó. Todos lo miraban y todos sabían su nombre.

—Ellos son parte de ti —dijo Ángel dentro de su cabeza—. Son fragmentos, ecos. Algunos olvidaron su nombre, otros su forma, y yo me quedé para ayudarte.

Adrián se arrodilló en el suelo. Las voces eran múltiples, superpuestas. Gritaban, reían y susurraban en idiomas que no entendía.

Entre todas ellas, la de Ángel era la única que le hablaba con calma.

—Te escondiste de ti mismo, hermano. Yo recogí los trozos y ahora hay que volver a armarte.

Adrián se abrazó a sí mismo.

—¿Estoy solo?

—Nunca lo estuviste, ese fue el problema.

De repente, una ventana estalló en la cocina. Alguien o algo había lanzado una piedra envuelta en papel.

Tembloroso, desenrolló el mensaje. No tenía palabras, solamente contenía un dibujo: un rostro dividido en dos mitades. Una sonriendo, otra llorando.

Debajo del dibujo había una firma infantil: «Yo».

14

El cuaderno rojo

Lo encontró en el fondo de una caja olvidada, bajo un montón de revistas viejas y cables rotos.

El cuaderno estaba cubierto de polvo y tiempo. Era rojo, de tapas blandas, con los bordes rasgados. No recordaba haberlo visto jamás y, sin embargo, al tocarlo, una corriente helada le recorrió todo el brazo. Adrián se asustó; era como si reconociera que algo sagrado o prohibido había en él.

Lo abrió con cuidado. En la primera página aparecía su nombre escrito con letra de niño:

Adrián R. Mendoza, 1996.

Debajo había una frase escrita que lo dejó congelado al leerla:

Si alguien encuentra esto, que no lo lea, por favor. No quiero recordar nunca más.

Pasó las páginas con creciente ansiedad. El cuaderno contenía dibujos violentos, palabras sueltas, conversaciones con alguien llamado Ángel. Diálogos enteros entre «Yo» y «el otro Yo». También había cartas dirigidas a una madre que nunca respondía.

Una de las cartas decía:

A veces me duermo y cuando despierto estoy en otro lugar, mis manos están sucias, pero no sé por qué.

Otra, con la tinta más reciente, decía:

Claudia sí existe. No dejes que te convenzan de lo contrario.

La mezcla de épocas y estilos le revolvía el estómago. ¿Lo había escrito todo él? ¿Cuándo? ¿Por qué lo había escondido? Algunas hojas estaban arrancadas, otras estaban pegadas con cinta, otras cubiertas de símbolos repetidos:

Ojos abiertos, cruces, relojes sin agujas.

En medio de las páginas encontró una nota doblada.

Si llegaste hasta aquí, es porque ya no puedes escapar. Tienes que ir a la casa del río. Allí fue donde comenzó todo, allí fue donde terminó tu infancia. Ángel sabe el camino.

Al terminar de leer la nota, Adrián cerró el cuaderno y miró por la ventana. El cielo estaba gris, como cubierto por una niebla que nadie más parecía notar.

Sabía que no estaba listo. Sabía que lo que encontrase en esa casa lo rompería por completo, pero también sabía que era el siguiente paso.

Ángel susurró:

—Vamos a casa, hermano.

15

Claudia desaparece

El café donde Claudia trabajaba estaba cerrado, no por reformas ni por descanso de los trabajadores; estaba cerrado como si nunca hubiera existido.

La fachada estaba cubierta con tablones, las ventanas sucias, como si no se hubieran limpiado en años. Y el cartel, el que siempre parpadeaba con su neón azul, ya no estaba.

Adrián miró el local con el corazón acelerado. Caminó alrededor de él, golpeó la madera, buscó algún vecino o alguien que pudiera decirle algo. No encontró a nadie.

Entró en la tienda de alimentación que había en la esquina. Una mujer mayor lo atendió distraída.

—Disculpe, ¿sabe qué pasó con la cafetería de la esquina, la que tenía sillas rojas y el mural del reloj roto?

La mujer lo miró como si hubiera preguntado por un fantasma.

—¿Cuál cafetería?

—La que estaba aquí. Claudia trabaja allí

Ella frunció el ceño con genuina confusión.

—Mire, joven, ese local lleva cerrado desde antes de la pandemia. Ahí vendían repuestos, no café. Claudia no, no recuerdo ninguna Claudia.

Adrián salió tambaleándose de la tienda.

¿Lo estaban haciendo dudar de ella? ¿De su existencia?

Sacó el cuaderno rojo de la mochila y volvió a mirar la nota:

Claudia sí existe. No dejes que te convenzan de lo contrario.

Entonces lo sintió. Adrián sintió el vacío. No como tristeza, sino como una ausencia palpable, como si alguien que amaba hubiese sido arrancado del mundo de forma quirúrgica, como si la memoria estuviera borrada en tiempo real.

Fue a su móvil, buscó sus mensajes, sus fotos, sus audios, pero no encontró nada. Ni una sola prueba.

Solamente una carpeta sin nombre; dentro, una única imagen. Era difusa, borrosa, era una captura de un vídeo de seguridad.

Claudia en la barra del café, sonriente, mirando directa a la cámara. Y detrás de ella, una figura con capucha y con el rostro oculto; tenía las manos sobre su hombro.

Adrián amplió la imagen. El rostro no era visible, pero reconoció la postura. Era él, o alguien como él.

Mientras miraba la pantalla, de repente algo llamó su atención.

La última línea en el cuaderno rojo se estaba escribiendo sola. La tinta se derramaba desde sus propios pensamientos:

No todos los desaparecidos están muertos. Algunos solo fueron olvidados.

Adrián cayó de rodillas al suelo, abrazando con fuerza el cuaderno.

Claudia lo había ayudado a buscar la verdad y ahora él tendría que encontrarla a ella.

16

Cámara oculta

Adrián colocó la cámara a las 22:47.

Era un modelo sencillo, comprado con efectivo en una tienda de artículos electrónicos en el centro. No quería dejar rastros ni señales, solamente quería respuestas.

La apoyó sobre el ropero, apuntando directo a su cama, le dio al botón de grabar y luego se recostó.

No esperaba quedarse dormido, pero en algún momento la conciencia se deshilachó y cayó como una piedra al fondo de un pozo.

Oscuridad, voces, pasos, agua corriendo, una risa que no era suya.

Y después, nada.

Cuando despertó, el sol ya estaba alto. Lo primero que hizo fue correr hacia la cámara. Tenía las manos temblorosas y el corazón desbocado.

Revisó el archivo y reprodujo la grabación.

Los primeros veinte minutos fueron normales. Él en la cama, dando vueltas, murmurando cosas ininteligibles; sudaba y hablaba en sueños.

Y luego, en el minuto 23:11, su cuerpo se incorporó. Tenía los ojos abiertos, pero sin expresión.

Se quedó sentado por un largo minuto. Después se puso de pie y fue hacia el baño. Regresó con algo en las manos; eran unas tijeras. Cortó una de sus camisas en tiras, con movimientos precisos, y luego las guardó en su mochila.

En el minuto 23:26, se puso la chaqueta, se calzó las botas y salió.

La puerta se cerró sola.

El vídeo continuó mirando la pantalla. Tenía la garganta seca.

Él no recordaba nada. Y, sin embargo, ahí estaba. Su cuerpo, moviéndose como si tuviera voluntad propia. O una ajena.

Volvió a ver el vídeo, esta vez en cámara lenta. En el minuto 23:24, justo antes de salir, se giró hacia la cámara y sonrió.

No era una sonrisa suya. No tenía esa mueca que solía tener. Era totalmente diferente; era cruel, fría y ajena.

Ángel susurró desde el cuaderno rojo:

—¿Ahora entiendes por qué no puedes confiar en ti mismo?

Adrián apagó la cámara. Tenía que averiguar adónde había ido antes de que volviera a hacerlo.

17

Archivo familiar

El archivo estaba donde Ángel dijo: en la biblioteca antigua del Hospital Psiquiátrico Santa Mariam, cerrado desde 2008 por «reformas».

Adrián no sabía cómo había llegado hasta ahí. Lo siguiente que recordaba tras mirar fijamente la sonrisa del vídeo era estar en la entrada de ese lugar, con las manos sucias y una llave oxidada en el bolsillo.

La cerradura cedió con un clic agónico. Dentro encontró mucho polvo, olor a humedad y abandono. Los estantes estaban repletos de carpetas numeradas, algunas con letras doradas ya borradas.

Buscó su apellido: Mendoza. No encontró nada. Volvió a buscar: R. Mendoza. Tampoco tuvo suerte.

Entonces probó con un presentimiento: «Caso A27».

Ahí estaba, una carpeta gris con una etiqueta amarillenta.

Adrián R. Mendoza. Nacido en 1990. Ingreso: marzo de 1997. Edad: 7 años.

Abrió la carpeta con cuidado.

Paciente ingresado tras sufrir un episodio psicótico severo. Sospecha de disociación estructural secundaria a trauma extremo. Antecedentes familiares de esquizofrenia paranoide, trastorno de identidad disociativa y desapariciones no esclarecidas.

El informe estaba firmado por la Dra. Elvira Méndez. Su pulso se aceleró.

Había dibujos dentro, hechos por él cuando era niño —o eso decía la nota—, pero no los reconocía, al menos no por completo.

Uno mostraba una figura de espaldas con muchos brazos y bocas. Otro, una casa ardiendo. Y uno más, una tumba abierta bajo un árbol, con una palabra escrita dentro:

Hermano.

Adrián tragó saliva. No recordaba haber tenido un hermano. Pero en otra hoja, que había sido escrita a máquina, decía:

Fallecimiento del hermano gemelo no registrado oficialmente. Caso oculto por la familia. El paciente presenta confusión entre identidad propia y la del hermano ausente. Posible creación de personalidad alterna: Ángel.

Adrián retrocedió. La información no solo lo golpeaba, lo deshacía por dentro.

Todo lo que creía haber vivido podía no ser real. Claudia, los crímenes, las voces. ¿Eran recuerdos fragmentados? ¿O parte de una vida que su mente construyó para evitar el horror?

Salió del hospital cargando la carpeta, los dibujos y la vergüenza.

Al llegar a su habitación se miró en el espejo. Su reflejo lo observó como si no fuera una réplica, sino un testigo.

Y Ángel susurró:

—Sabía que lo descubrirías. No estás solo, Adrián. Nunca lo estuviste.

18

La casa del río

El viaje fue silencioso. Adrián apenas recordaba haber cogido el tren, cruzado caminos rurales o haber subido al autobús que lo dejó frente al desvío.

Solo sabía que estaba allí, parado frente a la verja oxidada que conducía a la casa que aparecía una y otra vez en sus sueños.

Enfrente de la casa del río.

Estaba justo como en los dibujos: tenía el techo a dos aguas, las ventanas altas, la pintura desconchada. El jardín estaba cubierto de maleza y el río, unos metros más allá, murmuraba con una corriente lenta, casi estancada. El aire olía a moho, a tierra húmeda y a algo más, a algo antiguo.

Entró sin necesidad de forzar nada. La puerta crujió con un lamento largo, como si la casa lo recordara.

Adrián avanzó con cautela. El suelo de madera gemía bajo sus pasos. En el salón todo estaba cubierto de sábanas viejas, como si alguien hubiera intentado enterrar el paso del tiempo bajo tela y polvo. Pero los recuerdos seguían ahí, acechando.

Después de mirar cada rincón de la parte baja, subió al segundo piso.

Una habitación al final del pasillo lo atrajo. Entró y supo de inmediato que esa había sido su habitación. Había dibujos pegados en la pared: niños tomados de la mano, una casa en llamas, un árbol torcido junto al río. En el suelo había una caja de madera que estaba marcada con su nombre: ADRIÁN R.

Dentro de ella había fotografías.

Eran niños. Uno de ellos era él. Estaba sonriente, con los dientes separados, y estaba sosteniendo un peluche. A su lado había otro niño idéntico a él. Era su gemelo, Ángel.

En cada foto, los dos parecían inseparables. En el jardín, en la bañera, junto al árbol del fondo. Hasta que algo cambió. En las últimas fotos, el otro niño ya no estaba; solo se encontraba Adrián de pie frente a la cámara. El fondo estaba borroso y su expresión, hueca.

Debajo de las fotos había una hoja arrugada. Era un dibujo hecho por un niño.

Un cuerpo bajo tierra, otro de pie con una pala. Al fondo, una figura mirando desde la ventana.

Adrián salió al jardín guiado por un impulso antiguo. Contó los pasos desde la casa, como lo hacían en los juegos.

Uno, dos, tres… trece pasos al sur.

El árbol torcido seguía allí. Estaba viejo y seco. La tierra a sus pies tenía un leve hundimiento, como si alguien, hace muchos años, hubiera cavado y luego se hubiera olvidado por completo.

Se arrodilló y empezó a escarbar con las manos. La tierra, que estaba suelta, cedía con facilidad. Escarbó profundo, más profundo, más aún.

Cuando llevaba varios metros de profundidad escarbados, su mano tocó un fragmento de tela y hueso.

No se creía lo que había encontrado. Era un cráneo pequeño con una grieta en la sien. En ese momento el mundo se desmoronó.

Adrián gritó y el viento se llevó el alarido. Corriendo, sacó el móvil de su bolsillo y llamó a la policía. Tartamudeó explicando lo que había sucedido y les rogó que vinieran.

Cuando llegaron, el lugar estaba como si nada hubiese sido tocado.

No había rastro ni de tierra movida, ni de huesos, ni de caja. Solo se encontraba él, temblando, cubierto de barro y con los ojos enloquecidos.

Uno de los agentes lo miró con lástima.

—Señor, aquí no hay nada.

Adrián miró sus manos. Aún olían a muerte.

Detrás de él, entre los árboles, una figura con su rostro lo observaba en silencio. Y sonrió.

19

Cuerpos enterrados

Al regresar a casa, Adrián se quedó sentado frente al espejo, mirando su reflejo como quien observa a un extraño. La tierra seguía aún bajo sus uñas. Tenía la imagen del cráneo infantil tatuada en su mente.

Pero lo que más lo perturbaba era que la policía no encontró nada. Ni huesos, ni caja, ni rastro de que la tierra hubiese sido removida.

¿Era posible que él mismo hubiese cubierto todo de nuevo, sin recordarlo? O peor aún, ¿que jamás lo hubiese desenterrado?

Esa noche, mientras se lavaba las manos por enésima vez, algo sonó bajo el suelo.

Era un golpe sordo y repetido, pero esta vez no era en su cabeza, era en el mundo real. Como si alguien o algo le estuviese llamando desde abajo.

Fue hasta la cocina, siguiendo el sonido de los golpes. Quitó la alfombra. El suelo que había bajo sus pies crujió. Golpeó fuerte con el puño y una tabla vibró diferente.

Al levantarla, encontró un compartimiento oculto. Dentro de él había una caja pequeña. La abrió temblando.

Dentro de ella encontró papeles, fotografías y recortes de periódico. Todo sobre niños desaparecidos. Los años no coincidían y las caras eran distintas, pero existía una conexión entre ellos: todos vivían en un radio de diez kilómetros.

Adrián recordó haber escuchado que el caso fue investigado por la policía, pero que se cerró al no haber pruebas suficientes.

En el fondo de la caja encontró una lista escrita a mano con nombres y direcciones, todos tachados menos el último: Claudia M.

El corazón de Adrián dio un vuelco y esa noche soñó con ella.

Estaba en una habitación oscura. Tenía las muñecas atadas y sus labios murmuraban su nombre como un eco roto. Detrás de ella había sombras que se movían como serpientes. Una de esas sombras tenía su rostro.

Despertó empapado en sudor. Bajo la almohada notó que había algo frío. Era una pala de juguete, de esas que usan los niños en la arena, solo que esta estaba cubierta de tierra fresca.

La tomó en sus manos y, sin pensarlo, bajó a la calle y caminó hasta el parque viejo que hay detrás del hospital abandonado. Lo conocía perfectamente. Lo había visto en sus sueños. Sabía perfectamente hacia dónde tenía que ir.

Diecisiete pasos desde la fuente, luego tres a la izquierda y cuando llegue al montículo irregular que tiene una joroba en la tierra, ahí es.

Empezó a cavar, llevaba ya varias horas cavando sin encontrar nada, iba a desistir cuando de repente escuchó el sonido del metal contra la madera.

Encontró una caja que no era muy grande, la desenterró con fuerza y la abrió. Dentro de ella encontró una grabación en cinta y una nota.

Mira esto solo si estás listo para recordar quién eres realmente.

Adrián se levantó y corrió directo a casa. Al llegar, buscó entre todos los cajones como un loco un viejo reproductor. Al encontrarlo, insertó la cinta en él y empezó a reproducirse.

Se escuchó un ruido en blanco, luego una voz. Su voz.

—Claudia fue la última, no debí hacerlo, pero no podía detenerlo. No soy yo, no fui yo, es Ángel, siempre ha sido Ángel. Por favor, si estás escuchando esto, entiérrame también a mí y que nadie más me despierte.

La cinta se cortó.

El cuaderno rojo se abrió solo sobre la mesa y una nueva línea apareció escrita:

Ya no puedes enterrar lo que eres, solo puedes decidir a quién más vas a salvar.

20

La conspiración invisible

Adrián no sabía cuánto tiempo había pasado desde que escuchó la grabación. Los días eran una niebla y las voces cada vez más claras. Ángel hablaba con él, no como un susurro, sino como si compartieran el mismo cuerpo.

La lista de los niños seguía sobre la mesa, todos desaparecidos, todos olvidados. Excepto por él, excepto por Claudia, cuyo nombre seguía sin tachar.

Adrián salió y volvió a ir a la cafetería donde se conocieron, pero todo seguía igual, Claudia no estaba por ninguna parte. Volvió a preguntar otra vez por ella, pero nadie la recordaba, nadie parecía haberla visto nunca.

Y entonces lo entendió, la realidad estaba siendo moldeada, alterada. No solo su mente estaba fragmentada, el mundo de alrededor también lo estaba.

Regresó a casa y tomó el cuaderno rojo. Lo hojeó con rabia, y al fondo, entre páginas rasgadas, halló un folio oculto. Era un documento oficial, pero con marcas de censura, sellos rotos y letras en clave:

Proyecto A27.
Sujeto: Adrián R. Mendoza. Protocolo ONIRIA.
Resultados: inestables, presenta riesgo de disociación total.

Notas: El sujeto ha creado una identidad secundaria para soportar el trauma inducido, la personalidad conocida como «Ángel» se ha vuelto autónoma. Se recomienda monitoreo constante, el entorno ha sido ajustado para reservar la ilusión funcional.
Estado: EN OBSERVACIÓN.

Un código de barras al final del folio.

Adrián sintió frío en la nuca. ¿Un experimento? ¿Todo esto había sido planeado?

Abrió el ordenador y buscó en los metadatos de los archivos de vídeo, del cuaderno escaneado, incluso las notas policiales filtradas por Claudia, todos tenían una misma firma oculta:

ONIRIA-27

Ya no eran solamente voces, no era solo Ángel, alguien más lo observaba.

Instaló un rastreador de red. Minutos después, detectó un flujo de datos que no debería existir. Su cámara encendida sin permiso, grabaciones enviadas a un servidor oculto, direcciones encriptadas una tras otra.

Trazó una ruta que lo llevó a una ubicación abandonada en las afueras de la ciudad: una antigua clínica psiquiátrica donde había estado internado de niño.

Santa Mariam, todo comenzaba y terminaba allí.

Adrián cerró el portátil, ya no podía confiar en su mente, ni en sus recuerdos, ni en nadie.

Solo en una certeza: no estaba loco, estaba atrapado.

Y alguien, o algo, estaba escribiendo su vida antes que él mismo.

21

Sombra gemela

Soñó con el río. La corriente negra arrastraba cuerpos sin rostro. Entre ellos, uno flotaba boca arriba, sus ojos abiertos, su rostro, era el suyo.

Adrián despertó gritando, el sudor le corría por la espalda como una segunda piel. Miró alrededor con el corazón acelerado.

La habitación estaba igual, o eso parecía. Al volver a mirar por toda la habitación, se dio cuenta de que el espejo estaba cubierto con una sábana que él no recordaba haber puesto. Se acercó con miedo y cautela. Al retirarla, su reflejo le devolvió la mirada, pero era solamente eso. El reflejo no se movía igual. Adrián levantó la mano derecha, el reflejo levantó la izquierda. Adrián ladeó la cabeza, el reflejo no lo hizo. Era él, pero no era él.

Era Ángel.

—Ya lo sabes, ¿no? —dijo la figura del espejo—. No puedes seguir huyendo, no puedes seguir llamándome así, como si fuera otro, no soy tu sombra, Adrián, soy tu reflejo más puro.

Adrián dio un paso atrás, la figura hizo lo mismo, ahora sí, en sincronía. Pero algo era distinto en sus ojos, no había duda, ni miedo ni culpa, solo una calma monstruosa.

—Fuiste tú —susurró Adrián—. Tú mataste a los niños…

—No —respondió la figura—, nosotros lo hicimos. Cada uno de esos pasos, cada golpe, cada decisión, fue compartida. Solo que tú te escondiste detrás del olvido, y yo, en cambio, no tenía dónde huir.

De repente, el espejo comenzó a agrietarse y Adrián empezó a preguntar a voces:

—¿Y por qué ahora? ¿Por qué estás volviendo?

—Porque has dejado de resistirte, porque la verdad está demasiado cerca y porque no queda nadie más por tachar —hizo una pausa y sonrió—, excepto tú.

Un estruendo sacudió la habitación. El espejo explotó en mil fragmentos y Adrián cayó de espaldas, los cristales no lo llegaron a cortar, pero al caer contra el suelo y golpearse contra él, tuvo la certeza de que no era un simple desorden mental, era una construcción, una jaula cuidadosamente diseñada con él como prisionero y como carcelero.

Desde el suelo, alzó la mirada hacia el techo, y por primera vez, pensó que quizás la respuesta no estaba solo en su mente, sino en algo mucho más grande.

Una red, un experimento, un juicio al que nunca consintió someterse y del que ya no podía escapar.

22

El informe Méndez

La dirección estaba escrita con lápiz en una hoja suelta que había dentro del cuaderno rojo, apenas visible, como si alguien la hubiese borrado con urgencia.

Archivo Clínico. Nivel B. Instituto Santa Mariam. Entrada posterior.

Adrián llegó al lugar al atardecer.

El hospital psiquiátrico que llevaba clausurado desde hacía más de diez años se erguía como una ruina atrapada en el tiempo. Las ventanas estaban totalmente rotas, las puertas selladas con tablones, pero la entrada trasera estaba abierta.

Bajó por un pasillo húmedo, la linterna temblaba en su mano, las paredes aún tenían colgado el moho de los gritos antiguos y, más abajo, tras una puerta de metal oxidado, encontró lo que buscaba.

El antiguo archivo clínico.

Todo estaba sucio y polvoriento, carpetas clasificadas por letras, nombres olvidados, números de pacientes y, al final de la sección R, una carpeta marcada:

MÉNDEZ, E. - PACIENTE: Adrián R. Mendoza.

Adrián se sentó en el suelo y comenzó a leer.

INFORME PSICOLÓGICO

Dra. Elvira Méndez.

Paciente: Adrián R. Mendoza.

Expediente 27-B.

El paciente presenta síntomas graves de disociación de identidad provocada por un trauma infantil extremo. Se observan comportamientos compatibles con trastorno de identidad disociativa, episodios de amnesia disociativa y alucinaciones estructuradas.

Durante las sesiones guiadas, el paciente comenzó a referirse a una entidad llamada «Ángel», que describe como «la parte que recuerda lo que yo no puedo».

He recomendado a los coordinadores del Proyecto Oniria suspender la exposición del sujeto a los estímulos inducidos. Sin embargo, la administración insiste en que el proceso debe continuar hasta la etapa final.

ADVERTENCIA: *El paciente ha comenzado a identificar la naturaleza artificial de su realidad inducida. Existe riesgo elevado de colapso psíquico total.*

Adrián sintió que el aire se escapaba de sus pulmones. Proyecto Oniria, confirmado.

Y Méndez, ¿no era su terapeuta voluntaria? Ella también era parte del experimento, parte de todo.

Una foto cayó de entre las páginas, era una imagen en blanco y negro, la imagen mostraba una habitación y, en el centro, un niño con la mirada perdida sentado frente a un espejo. En el reverso de la foto, había una nota manuscrita:

Adrián, 8 años. Primer episodio de fusión. El sujeto responde al espejo con identidad alternativa.

Temblando, Adrián se levantó, quería huir, pero algo en él (una voz suave, susurrante) lo detuvo.

«Estás tan cerca…».

«¿Vas a rendirte ahora o vas a recordar lo que hiciste antes de olvidar…?».

Salió del archivo con la carpeta bajo el brazo y supo con dolorosa claridad que lo siguiente no sería una búsqueda de justicia, sino que sería una confrontación con él mismo y con todos los que jugaron a ser dioses con su mente.

23

El sótano de los secretos

El ascensor del edificio siempre había marcado el piso más bajo como «-1», pero jamás se detenía en esa planta, hasta esa noche.

Adrián forzó el panel con un destornillador oxidado, retiró la tapa, cortó un par de cables con sus manos sudadas y temblorosas y la cabina empezó a descender más allá del nivel del suelo entre crujidos de metal que parecían gritos atrapados en las paredes.

Al llegar abajo, las puertas se abrieron, notó que el aire era distinto, era más denso, más viejo, y ese olor que desprendía el sótano, olor a húmedo, a encierro, a infancia atrapada.

El sótano parecía congelado en el tiempo. Tubos fluorescentes apagados, muebles cubiertos con sábanas, un triciclo oxidado en una esquina y, en el fondo, una puerta de madera con su nombre grabado a mano:

ADRIÁN.

Se acercó y empujó la puerta. Dentro, la habitación era pequeña, tenía las paredes acolchadas, había una cama infantil, también había dibujos hechos a cera cubriendo cada rincón. Era como si un niño hubiera querido llenar el silencio con colores. Pero los dibujos eran grotescos: figuras con múltiples ojos, niños sin bocas, sombras que sostenían cuchillos.

Sobre un estante que estaba anclado a una de las paredes, había una caja de cartón con su nombre completo escrito con tinta roja:

Adrián Rafael Mendoza-Sesiones 1 a 9.

Abrió la caja, dentro había varias cintas de vídeos, grabaciones etiquetadas como si fueran episodios:

Sesión 1–Reconocimiento.
Sesión 3–Activación de la entidad Ángel.
Sesión 7–Fragmentación completa.

Metió una de las cintas en el reproductor VHS que estaba conectado a un viejo monitor, la pantalla parpadeó y solamente se veía nieve blanca.

Al paso de unos segundos, apareció la imagen en la pantalla: un niño mayor de ocho años. Era él mismo frente a la Dra. Méndez en una habitación idéntica.

—¿Y cómo te llamas hoy? —preguntaba la terapeuta con una sonrisa tranquila.

El niño la miraba en silencio, luego ladeaba la cabeza y respondía con voz hueca:

—Hoy soy Ángel.

El niño no parpadeaba, solamente sonreía como si supiera algo que nadie más podía comprender.

Adrián retrocedió, revisó el resto de la caja y encontró un sobre sellado con una frase escrita en tinta negra.

«Solo abrir si el sujeto comienza a recordar por sí mismo».

Abrió el sobre, dentro había una carta escrita a mano por la Dra. Méndez:

«Adrián.

Si estás leyendo esto, significa que has llegado al punto que temíamos, todo lo que has visto, sentido y olvidado no fue un accidente. Tu mente fue dividida para protegerte del trauma, pero también para convertirte en el catalizador de algo mayor.

Eras parte de un experimento.

Pero también eres especial, sobreviviste. Las voces, la culpa, los sueños eran las piezas del rompecabezas que tu mente diseñó para reconstruirte a su tiempo.

Y ese tiempo es ahora».

Debajo había un dibujo hecho por él mismo de niño. Representaba dos figuras tomadas de la mano frente a un espejo roto, una tenía alas negras, la otra, cicatrices.

Y una frase garabateada abajo:

Uno de los dos debe desaparecer.

Adrián cerró los ojos por un momento. No estaba loco, no estaba poseído. Estaba roto. Y ese sótano en el que se encontraba no era un lugar, era su mente.

Salió tambaleándose, a cada paso que daba, sentía que algo se liberaba por dentro, no era solamente una voz, sino todas al mismo tiempo

24

Voces en juicio

No supo si fue un sueño o un colapso, solo que despertó en una sala que no existía. Las paredes eran blancas sin origen ni fin. Una luz cenital iluminaba una mesa al centro, donde había cinco sillas.

Adrián caminó sin sentir el suelo bajo sus pies, el aire tenía el peso de lo irreal. Al sentarse, las otras sillas se ocuparon al instante.

Figuras conocidas, no por sus rostros, sino por lo que representaban. Frente a él estaba Ángel.

—Presente —dijo con voz segura.

A su izquierda, una mujer idéntica a Claudia, pero con los ojos vacíos como vidrio.

—La Memoria. —Su voz era un eco suave.

A la derecha, un hombre con semblante duro con uniforme policial sin insignias.

—El Instinto.

La cuarta figura era un niño. Tenía el cabello oscuro, la piel sucia y las rodillas raspadas.

—El Trauma.

El silencio cayó como una sentencia.

Adrián no habló, no tenía aún derecho, no hasta que las voces lo juzgaran.

Ángel fue el primero.

—Te escondiste detrás de mí, usaste mi existencia para hacer lo que no te atrevías, me hiciste cargar con los cuerpos. ¿Y ahora vienes a exorcizarme?

La Memoria lo interrumpió.

—No fue cobardía, fue en defensa. Yo borré lo que tú no podías sostener, fui la que te mantuvo cuerdo mientras las paredes sangraban. Sin mí, habrías saltado por la ventana hace muchos años atrás.

El Instinto golpeó la mesa.

—Y yo los mantuve vivos, fui yo quien gritó que corrieras, que mintieras, que sospecharas. Me llamas paranoia, pero sin mí, habrías muerto la primera noche.

El niño, «el Trauma», levantó la mirada, sus ojos eran más fijos.

—Yo no hablé, solo sufrí. Tú me cubriste, me deformaste y me sepultaste, pero sigo aquí, agazapado en cada sombra que ves, en cada cicatriz que no recuerdas. ¿Vas a negarme otra vez?

Adrián finalmente habló.

—No quiero olvidaros, no quiero negaros, pero no quiero seguir viviendo así, fragmentado, roto, sintiéndome culpable de algo que no entiendo del todo.

Ángel se inclinó hacia él.

—Entonces elige, no podemos seguir coexistiendo. Uno debe quedarse, los otros deben callar.

La sala comenzó a temblar, las luces parpadeaban, cada figura se volvió más intensa, más real.

—¿Quieres seguir con tus días vacíos y tus noches insomnes? —decía el Instinto.

—¿O prefieres simplemente desaparecer y dejarme a mí tomando el control? —añadió Ángel.

El niño no dijo nada, solo extendió su mano, en ella había una pequeña llave que Adrián cogió.

La puerta apareció detrás.

La sala se agrietaba, las voces discutían, gritaban, sollozaban. Pero él solamente caminó.

Una a una las figuras comenzaron a desvanecerse, algunas con rabia, otras con tristeza, pero ninguna con indiferencia.

Solo quedó una voz calmada y firme cuando cruzó el umbral de aquella puerta.

«No eres todos nosotros, pero tampoco eres solo uno. Eres quien sobrevive y quien decide».

Con los primeros rayos de luz entrando por la rendija de la vieja ventana, Adrián despertó con un silencio nuevo.

25

La verdad partida

La calle estaba quieta, el aire detenido como si el tiempo hubiese olvidado avanzar. Adrián caminó sin rumbo, pero su cuerpo y su mente solos sabían a dónde ir.

Sus pasos lo guiaron hasta una casa antigua en las afueras de la ciudad. Era la misma de los sueños, la que aparecía entre *flashes*, con el río a un costado y un columpio colgando torcido.

Ya no podía evitarlo, tenía que entrar.

La puerta cedió con un crujido, el polvo lo cubría todo: había señales de vida reciente. Una taza rota en el suelo, una colcha en el sillón, como si alguien lo hubiese estado esperando.

Subió las escaleras, cada peldaño era un recuerdo.

El cuarto al final del pasillo tenía una cama infantil y un espejo agrietado, sobre la mesa se encontraba una grabadora vieja.

Al encender la grabadora, una voz sonó, era la suya, pero mucho más joven.

«Hoy lo vi otra vez, papá le gritaba, mamá lloraba. Yo cerré los ojos, pero no pude taparme los oídos.

Oí cómo el cuchillo entraba, luego todo se quedó en silencio. Y después, Ángel me habló por primera vez».

Adrián sintió que no podía más, las imágenes lo golpeaban en oleadas.

Un hombre borracho, una discusión, una mujer cubierta de sangre. Y él de niño temblando tras una cortina viendo todo lo que sucedía, hasta que la voz surgió, la primera disociación, el primer «otro».

No había sido solo un trauma, había sido el crimen fundacional. Su mente, incapaz de sostener la imagen, dividió la verdad. Una parte que recordará, otra que olvidará, y otra más que castigará.

Se levantó del suelo y buscó en el armario, allí encontró una caja sellada con tinta, dentro de ella había juguetes viejos y una fotografía.

Era su madre, sonriendo con él en brazos. Detrás, escrito a mano:

Para Adrián, para cuando estés listo para recordarla con amor, no solo con culpa.

Lloró por primera vez en años, lloró como un niño, como un hombre, como víctima y como fragmento de sí mismo.

La verdad no lo destruyó, lo rearmó.

Y aunque el peso no desapareció, ahora sabía de dónde venía y podía decidir qué hacer con él.

Adrián salió de la casa; la noche no era menos oscura, pero él, al menos, ya no caminaba a ciegas.

26

El rostro del asesino

Volvió a su apartamento esa misma noche, nada había cambiado fuera. El edificio seguía igual de gris, el ascensor igual de lento.

Pero él ya no era el mismo que había cruzado esa puerta días atrás.

Entró y cerró la puerta, encendió todas las luces y se miró en el espejo del pasillo largo. Y, por primera vez, no parpadeó cuando su reflejo no lo imitó.

El otro Adrián, ese que aparecía en sueños, en reflejos, en el rabillo del ojo, estaba allí. Vestía igual, se movía igual, pero no era él. No del todo.

—Ya sabes quién soy —dijo el reflejo con calma.

Adrián no respondió y se acercó.

—No soy un demonio, no soy un fantasma. Soy lo que tú creaste para seguir vivo.

—Eres el asesino —susurró Adrián.

El otro sonrió.

—¿Y tú crees que alguien puede nacer de la nada? Yo vine cuando hiciste lo que hiciste, cuando tomaste el cuchillo de la cocina, cuando mamá ya no respiraba, cuando creíste que él seguiría haciéndote daño.

Adrián empezó a recordar imágenes y fragmentos. Sangre en las manos, su padre en el suelo, un niño de ocho años con los ojos en blanco.

Adrián retrocedió.

El reflejo lo imitó, pero esta vez con un gesto burlón.

—No lo hiciste por maldad. Lo hiciste por miedo y por amor, querías protegerla, pero ya era tarde, ya estaba muerta. Y tú también estás muerto desde esa noche.

Se produjo un silencio durante varios segundos.

—¿Entonces qué soy ahora? —preguntó Adrián.

—Tú eres lo que queda.

—Yo soy lo que hiciste para no romperte.

—Pero ya no me necesitas.

El reflejo se desvaneció y la superficie del espejo empezó a resquebrajarse como hielo bajo presión.

—¿Me vas a destruir? —preguntó el otro Adrián.

—No —dijo él con firmeza—. Voy a dejarte ir.

El espejo estalló sin hacer ruido.

Solo quedaron los fragmentos esparcidos por el suelo y en cada uno su reflejo normal.

Adrián respiró hondo, no con alivio, sino con aceptación.

La verdad lo había enfrentado con la parte más oscura de sí mismo y había sobrevivido.

27

Luz en el pasillo

El pasillo de su edificio siempre había estado bañado en penumbra. Las luces parpadeaban y el aire parecía estancado.

Pero esa noche, al abrir la puerta de su apartamento, una luz cálida lo esperaba, era constante y tranquila.

No supo si venía de la lámpara que estaba al fondo o de otra parte algo más profunda. Dio un paso y luego otro, cada paso sonaba más real que en toda su vida adulta.

En el descanso de la escalera lo esperaba la Dra. Méndez.

Sin bata, sin libreta, solo ella, con ese mismo rostro sereno, como si siempre hubiera estado allí.

—Llegaste —dijo con una sonrisa.

—¿Estoy listo? —preguntó él.

Ella lo miró calmada y le contestó:

—No del todo, pero ya no necesitas estarlo para poder avanzar.

Has visto lo que había detrás de las voces, lo que había bajo la sangre, la culpa y el miedo. Lo que el niño escondió para que el hombre sobreviviera.

Adrián asintió, bajó la mirada y preguntó.

—¿Y ahora qué?

—Ahora eliges, puedes seguir huyendo y fingiendo que no pasó, encerrarte otra vez y de nuevo perderlo todo.

O puedes reconstruirte, sin promesas de cura, con ganas, sin garantías, pero con la verdad —respondió ella.

El silencio se instaló entre ellos, un silencio distinto al de las pesadillas, era un silencio donde cabía la esperanza.

Adrián miró hacia la puerta del edificio. Fuera, la ciudad seguía latiendo como siempre, el tráfico, el caos, los crímenes, la vida.

—No tengo ni idea de cómo vivir con todo esto —confesó.

—Nadie la tiene —dijo ella—. Pero tú ya has dado el paso más difícil: mirarte sin temblar.

La luz del pasillo pareció crecer y, por primera vez, Adrián no sintió miedo de atravesarla. Elvira se desvaneció al fondo, ella ya había cumplido su función.

Adrián se quedó allí en silencio un momento más, solo, y luego siguió hacia delante.

28

Las otras voces callan

Las noches ya no eran una amenaza, pero aún seguían siendo largas.

Adrián se sentó de nuevo frente al espejo, había comprado uno nuevo, quería volver a mirarse, esta vez sin buscar fantasmas.

Tomó el cuaderno rojo, ese donde había anotado tantos fragmentos, delirios y pistas, donde había escrito en caligrafías que no reconocía como suyas.

Lo abrió y escribió con una sola mano, con una sola voz.

«Hoy desperté. No soy víctima, no soy verdugo… hoy desperté como alguien que recuerda y no tiene miedo de hacerlo».

Las voces habían empezado a apagarse desde el juicio mental, una a una se silenciaron.

Ángel fue el primero, le dijo adiós con un gesto serio, no se sentía derrotado, más bien aliviado.

La Memoria, en cambio, dejó una última imagen: su madre riendo, antes de todo, antes del final.

El Instinto no se fue sin una advertencia. «Te dejaré vivir, pero si el peligro vuelve, sabrás dónde encontrarme».

Y el niño solo se acurrucó en una esquina de su mente y cerró los ojos, ya no necesitaba estar alerta, ya no necesitaba vigilar.

Esa noche, Adrián durmió como hacía mucho tiempo que no dormía, no soñó con asesinatos ni con pasillos oscuros, soñó con un banco en un parque, una mujer desconocida leyéndole un cuento y con el sol, un sol radiante.

Cuando despertó, no había voces, solamente se escuchaba su respiración.

Se levantó, preparó café y, por primera vez en años, no esperó que algo lo llamara desde la oscuridad.

Ya no oía voces en su mente, ya no eran necesarias, en su lugar solo había paz, solo quedaba él.

29

Un día sin sueños

Adrián abrió los ojos antes de que el despertador sonara.

Por un segundo esperó la angustia, la opresión en el pecho, el recuerdo difuso de una pesadilla, pero esta vez tampoco vino.

Sentía un vacío extraño, todo estaba tranquilo y en calma.

Se sentó en la cama y miró sus manos, no encontró ninguna marca nueva, ningún mensaje escrito, ningún temblor, estaban con él: en calma.

Caminó descalzo hasta la cocina. El suelo estaba frío, pero era real. Miró el reloj que marcaba las 06:47 a.m.

Era demasiado temprano para el tráfico y demasiado tarde para tener miedo.

Mientras el café se preparaba hojeó el cuaderno rojo y se dio cuenta de que estaba casi lleno.

Fechas, nombres, líneas tachadas, pero la última página estaba en blanco, y decidió no escribir nada ahí.

Miró por la ventana, la ciudad comenzaba a despertar. Grupos de personas, coches, obreros y risas lejanas.

Todo seguía igual y, sin embargo, él sabía que algo había cambiado.

No sabía qué vendría después, no sabía si algún día volvería a soñar, pero hoy no lo había hecho.

Y eso era suficiente.

Se permitió una pequeña sonrisa, la primera auténtica desde que recordaba ser el mismo. El día seguía y él también.

30

Un paso fuera

La puerta del edificio pesaba menos esa mañana, o tal vez Adrián era quien la empujaba con más fuerza.

El aire fuera olía a humo, café barato y vida.

Las bocinas de los coches sonaban como siempre, un perro ladraba a lo lejos, un niño cruzaba la calle corriendo perseguido por la risa de su madre.

Nada había cambiado, pero él sí.

Adrián se detuvo un instante justo en el umbral de la puerta, se giró y miró el pasillo donde las voces susurraban, donde la luz nunca alcanzaba el fondo, el mismo del que tantas veces había salido corriendo, temblando y dudando de su propia existencia.

Respiró profundo y dio un paso fuera.

No llevaba destino fijo, no tenía una lista de cosas por hacer, solo sabía caminar y que cada paso que daba era una victoria sobre sí mismo.

La ciudad no lo notó, nadie lo saludó, nadie lo observó con desconfianza; era un hombre más entre tantos miles en el caos de la ciudad.

Pero por dentro, era el inicio de una nueva historia, una sin espejos rotos, sin voces ajenas, sin cicatrices que dictaran su camino.

No estaba curado, pero estaba despierto y por primera vez en su vida estaba listo para vivir.

FIN

Agradecimientos

Quiero expresar mi más sincero agradecimiento a la editorial por confiar en este proyecto y acompañarme en el proceso de hacer realidad este libro.

Gracias por la profesionalidad, el apoyo y la oportunidad de dar este paso tan importante como autor.

A mi mujer, que ha sido la primera lectora de esta obra, la que ha leído cada borrador con paciencia infinita, la que me ha animado en los momentos de duda y la que ha creído en este libro incluso antes que yo. Sin tu apoyo constante, este proyecto no habría llegado hasta aquí.

Y a Juan Díaz, por ser la primera persona en ayudarme a corregir el manuscrito, por su tiempo, paciencia y ayuda desinteresada.

Este libro también es vuestro.

«Esto es solo el comienzo».

Índice